바둑이의 사랑노래

이영희 서정시집

바둑이의

사랑노래

이영희 지음

목 차

서문(序文)

고등학교 국어시간 나는 선생님의 강의를 듣지 않고 창밖을 바라보며 시심에 취해 뭔가를 노트에 끼적이고 있었다. 선생님은 화가 나셔서 내게 오시더니 그걸 내어 보이라고 하셨다. 선생님은 보시더니 화를 내시기는커녕 환하게 웃으시며 이렇게 말씀하셨다. "녀석 곧잘 쓰네, 너 이 다음에 시인 되겠는걸"

하지만 시인이란 단어는 나에게는 가당치 않은 두려움의 대상으로 감히 접근 불가능의 것이었다. 대학에 들어가서도 자유분방한 캠퍼스 시절을 즐기기보다는 스스로의 사색과 고뇌에 묻혀 습작을 쓰곤 했으며 군 장교시절과 사회에 나와서도 마찬가지였다.

비가 오는 밤에는 천둥소리에 깨어나 시를 썼고 눈이 오는 날이나 꽃피는 봄날, 흐드러지게 단풍지는 가을, 강가에 서나 바다에 서나 나는 온통 시심에 취해 시를 쓰곤 하였다.

이렇게 세월이 어언 반세기가 흐르며 시를 썼으나 나는 여전히 시인이 된다는 건 경외의 대상이었다. 그러던 어느 날 나는 중앙문단인 한맥문학에 시를 출품하여 신인상을 받고 시인이 되었다.

그 후로도 오랫동안 시를 썼으나 감히 시집을 펴낼 생각을 하지 못하고 있었다. 이제 세월이 흘러 시집을 내야겠다는 생각을 했고 여기 여러분 앞에 두려움과 감사의 마음으로 시집을 낸다.

본 시집의 표제는 ˝바둑이의 노래˝ 이다. 초등학교 1학년 국어책에 ˝영희야 철수야 바둑이하고 놀자˝에서 유래하여 어릴 적 내 별명이 바둑이였기 때문이다. ^^

독자 여러분의 애정 어린 감상과 시평이 있어주기를 기대한다.

새벽 강(江)

記憶의 강물 위를 걸어
뒤돌아 가는
등 굽은 그대
모습을 바라다보는 나의 먹물 눈동자

강물은 전처럼 푸르게
흐르지 않고
그 강물 위에
진한 회색의 비가 내린다

언제나 처럼 앉아
저 산 넘어 가리키던
강변 그 자리엔
멎은 발길 ---- 이름 없는 풀

흐르는 새벽
안개 속을 뚫고 오는
사공의 비껴가는 노 젓는 소리
물새하나 스쳐 나른다

세월처럼 강물은 가고
강물처럼 당신도 흘러
언제나 소유로 존재하지 않는 것

그래도 강물 위엔
내 사랑 같은 동그라미 가득하지만
고개 들어 하늘을 보면
그것 눈물인지 알 수 없으리

저리도록 강물에 손을 씻는다.

이별

사랑하는 사람을 만들지 말자.

오실 때의 기쁨보다 가실 때의 슬픔이 더 크다면

차라리 오시지 않음 보다 못한 것.

햇빛 쏟아지는 찬란한 환희를 안고 당신이 오셨을 때

이별이란 말은 아예 나의 맘에는 없었다.

돌아서서 가는 당신의 고운 뒷모습을

바라다보는 일은 눈 내린 텅 빈 벌판.

내 가슴에 비수가 꽂혔다.

내 어이 또 다른 사랑을 차마 할 수 있으리

그대여 이제 사랑하는 사람을 다시는 만들지 말자.

실개천

님이 온답니다
님이 오고 있습니다
그러나 난 이 자리에서 님을 기다릴 수만은 없습니다.

진달래 산철쭉 만개한 산야엔
님 같은 신록이 가득 찼습니다.

반가움에 나는 동구 밖 실개천에 나가
님이 오시는 여울물에 푸른 잎사귀 하나 따
그 위에 그리움의 글들을 가득 적어 물결위에 띄웁니다
님이 오시다 건져 보고
내게 빨리 오시라고 보내드리옵니다.

저 언덕 넘어 아지랑이 너울 사이로
뉘엿뉘엿 님의 모습이 보입니다
마침내 님이 오시는가 봅니다
바람이 푸른 나무 잎새 위로 출렁거리고
여울물이 조약돌과 속삭일 때에
나는 님을 만나러 개천 길을 뛰어갑니다.

그대를 사랑함은

그대가 아름다운 이유는
그대가 저도 모르게 소유한 슬픔을 안으로만 간직하고
외로이 난 오솔길을 홀로이 걸을 수 있기 때문입니다
그런 그대를 나는 사랑합니다.

그대가 애처로운 까닭은
그대의 잘못이 아니면서 타인에게 질타를 받을 때
입술을 닫고 조용히 하늘을 쳐다볼 수 있기 때문입니다
그런 그대를 나는 사랑합니다.

그대가 사랑스런 또 하나의 이유는
그대가 의지하는 한사람이 세상살이 고통스러워하여도
다가가 손을 잡고 그의 어깨에 포근히 기대설 수 있기 때문입
니다
그런 그대를 나는 사랑합니다.

그대가 눈물겨운 또 하나의 까닭은

그대가 아득한 나락으로 떨어져 어둠 속에 한줌 별빛이 보이지 않아도

기어이 찾아 올 하얀 아침을 기다리며 살며시 미소 질 수 있기 때문입니다

그런 그대를 나는 사랑합니다.

외갓집

엄마의 고향 외갓집엔
앞으로 작은 시내가 흐르고 있다
외할머니의 마음이 엄마의 가슴으로 흐르듯
언제나 맑은 물방울 되어 개울을 이룬다
그곳에 손을 씻고 담그면
외할머니의 마음이 나의 가슴에도 전해온다.

엄마의 고향 외갓집 안마당엔
빨간 고추잠자리 맴돌고 있다
외할머니의 손길이 엄마의 자리에서 맴돌 듯
파란 하늘 배경으로 수많은 원을 그린다
고추잠자리 너를 따라 원을 그리면
외할머니의 손길이 나의 자리에도 다가온다.

가을의 끝

계절이 마음보다 앞서갑니다.
가을을 느낄 새도 없이
퇴색한 단풍잎이 찬바람에
아스팔트 길 위로 휩쓸립니다.

이제 곧 겨울이 오고 옷깃을 여미면
미처 준비도 없이 떠난 이가
또다시 그리워 질 것입니다.

계절은 속절없이 가고 오고
계절처럼 서둘러 떠난 이는 지금
어느 계절에 서있나요.

철새들이 줄지어 날아가고
앙상한 가지 끝에
파리한 잎새들이 애처로이 흔들리면
갈 곳 몰라 수북이 쌓여만 있는 낙엽 길을
하염없이 발로 차며 걸으렵니다.

그 바닷가

벌써 그리워집니다
그 바닷가
먼 수평선 위로 작은 고깃배 떠가고
하얗게 부서져 밀려오는 포말의 함성
그곳에서 우린 행복하였다
두 손을 꼭 잡고.

다시 가고 싶습니다
그 백사장
작렬하는 태양아래 드넓게 펼쳐진 모래
어깨를 나란히 그곳에 앉아
한없이 푸른 바다를 보며
우린 서로 사랑하였다
하얗게 석화된 조개를 주우며.

서러움

서러워
저 바닷속 깊이만큼 서러워
갈대만 무심히 흔들리는 바닷가 언덕에
솔새만 우지즈고
수평선 넘어 이맘 때 쯤 이면
온다던 흰 돛단배는 오지를 않고
부질없다 파도만 철썩이네
저 무한한 바다에 가득 담긴
짙푸른 내 고독.

새벽 비

일하러 가는 어두운 신새벽에
비가 내립니다.
우산 속에 얼굴을 가리고 걸으며
한사람을 생각합니다.
그 사람은 나에게 애뜻한 사람입니다.
그 사람도 그랬으면 좋겠습니다.
낙엽 떨어져 쌓인 길에 추적추적
새벽비가 내립니다.

그대 생각

찬바람이 부는 거릴 걸었지만
하나도 춥질 않았다
발걸음은 가벼웁고 가슴속에선 오히려
훈훈한 기운이 흘러나왔다
왜일까

주머니에서 손을 빼고
과장된 몸짓으로 흔들며 가도
두 손이 전혀 시리지 않았다
왜일까

문득 청량한 하늘을 올려다보다
깨달은 듯
아 - 그렇지
난 지금 그녀를 생각하고 있었지

사랑하는 우리 고운님을...

두 마음

바람이 시원스레 부는 봄날 호젓한
산정 호수에 올라 나 홀로 거니노라

햇빛에 반짝이는 물결이 내게 밀리고
물결 따라 절로 콧노래 나는 부르네

나는 그대를 그리며 수면을 보고
그대는 나를 그리며 구름을 보리

신록의 가지들이 바람에 흔들리고
계곡의 물소리 호수로 잠겨드는데

그대는 지금 내게 편지를 쓰고
나는 그대에게 답장을 보내노라.

나는

기다리라면 기다릴 수밖에 없는 나는
그대의 숲 속에서 자라는 한 마리 여윈 솔새입니다
멀리 날 수도 있지만 그대가 부르면 금세 날아가
삐리리 삐리리 마냥 행복해서 노래합니다
때로는 푸른 하늘로 높이 날아
저기 아득히 보이는 강 언덕으로 힘차게 날아보고 싶지만
이내 그대가 나를 부를 것을 알기에
언제나 제자리를 지키는 순한 영혼입니다.

있으라시면 있을 수밖에 없는 나는
그대의 정원에서 거니는 한 마리 작은 짐승입니다
멀리 갈 수도 있지만 그대가 부르면 얼른 다가가
할다닥 할다덕 마냥 행복해서 뛰어 놉니다
가끔씩은 높은 산으로 오르고파
깊은 숲 어우러진 계곡으로 화살처럼 내닫고도 싶지만
항시 그대가 나를 생각함을 알기에
언제나 제자리를 맴도는 약한 존재입니다.

핸드폰 연서(戀書)

그대 향한 그리움의 말들을
사랑의 이름으로 모니터에 가득 담아
하늘 위로 쏘아 올린다
내 마음도 구름까지 따라 올라가
산도 보고, 들도 보고, 강도 보다가,
낙하산도 없이 그대 가슴에 꽂혀 보고파.

미처 말하지 못한 꽃 같은 말들을
그리움의 이름으로 자판에 꾹꾹 눌러
창공으로 띄워 올린다
내 사랑도 무지개로 피워 올라가
바다도 보고, 배도 보고, 섬도 보다가,
생명줄도 없이 그대 가슴에 내려 앉고파.

기다림의 끝

기다림의 끝이 만남이 아니어도 좋다.
그대 맞잡은 손 풀고 서늘한 모습으로 떠나갈 지라도
무심코 바라보던 초저녁 별
어느 날 내 가슴에 홀로 내려와
진한 눈물로 쏟아져 내려
가끔은, 아주 가끔은,
지난 사연들의 편지를 부쳐 주리니.

기다림의 끝이 재회가 아니어도 좋다.
그대 오던 길을 돌아 서러운 모습으로 떠나갈 지라도
길가에 무심하던 들꽃 하나
가던 발길 붙들고 내게 다가와
슬픈 미소의 꽃잎으로 떨어져
가끔은, 아주 가끔은,
낡은 사연들의 편지를 부쳐 주리니.

봄날의 시인

봄날 시인들이 야유회를 나왔다

목 시인은 우유 빛 가슴을 풀어 헤친 채
농염한 팔다리를 뽐내고 있고

진 시인은 부끄러워 홍조를 띠며
산자락 그늘에서 유혹의 손을 흔들고

개 시인은 노오란 머플러로 한껏
치장을 하고 수다를 떨며

왕 시인은 팝콘 알들을 흩뿌리며
흥겨운 자태를 감추지 못한다

허나 봄날 진짜 시인들은 저들의 기세에 눌려
시 한줄 못쓰고 그만
화주에나 취할 수밖에……

이팝나무 그녀

그녀에게 졸라 이팝나무 꽃길에 가자고 하였더니
며칠 있다 가자하여 기다리다 그만
사나흘 바람 불고 비가 내렸네
그래도 이제사 가보자고 채근해 같이 왔더니
꽃들은 지고 없고 땅바닥만 허옇게 물이 들었네
실망스러 왜 늦게 왔냐고 야속해 투정을 부렸더니
그녀는 왠지 그냥 생글생글 웃기만 하네

그래 아차 잊고 있었네
그녀가 꽃인 것을 잊고 있었네
나는 보았네
웃는 그녀의 눈동자에 이팝나무 꽃잎이 가득 핀 것을........

당신 그리움

당신이 그리워
하늘을 보면
하늘은 구름을 몰고 와
안개 되어 먼 위에서 휘돌아갑니다.

당신이 보고파
바다를 보면
바다는 먼 곳에서
하얀 이로 포말 되어 손짓만 합니다.

당신이 생각나
언덕에 서면
바람은 언제나 내 앞에서
회오리 되어 비켜만 갑니다.

나의 그리움이 얼마만큼 높으면
당신은 장대비 되어 쏟아지고
나의 보고픔이 얼마만큼 너르면
당신은 거친 파도로 밀려오고
나의 연민이 얼마만큼 쌓이면
당신은 폭풍으로 내게 오시렵니까

오늘도 나는
당신을 사랑함으로 하여
더욱 외로워지고
당신은 먼 곳에서
나를 하냥 조롱만 합니다.

별리(別離)

가슴이 저며 와 홀로 있지 못할 때
가을 끝 미루나무 꼭대기
바람 앞에 외로운 잎들을
올려다보자.

이제는 멀리
보고 싶은 것을 볼 수 없을 때
조금 높은 언덕에 올라
추수 끝난 빈 논둑들을
바라다보자.

인생이 영원하지 못하다하여
사랑도 영원하지 못하며
만날 때 기쁨이 따라오나
헤어질 땐 슬픔이 따라가지 않는 것.

눈물이 생각에 앞설 땐
눈물을 닦지 말고
겨울 산 깊은 골
꺼이 울며 넘어가는
산새의 뒷모습을 돌아다보자.

화교(花校) 운동회

청군 이겨라 백군 이겨라
체육선생님 호루라기 소리에 맞춰
1학년 2학년 꼬마들이 달린다.
진달래꽃, 개나리꽃, 민들레도 달린다.

이겼다 이겼다 우리가 이겼다
총각선생님 구령소리 맞춰서
3학년 4학년 언니들의 박싸움
벚꽃이 터진다, 배꽃이 터진다, 산수유도 터진다.

잘한다 우리 편 더잘한다 우리 편
처녀선생님 율동에 맞춰서
5학년 6학년 형님들의 줄다리기
목련화가 피었네, 철쭉꽃이 피었네.

모두 모두 잘했다 우리 모두 이겼다
교장선생님 응원에 맞춰서
만국기가 펄럭펄럭 운동장이 들썩들썩
아이들의 함성소리 꽃들의 함성소리.

오색 풍선은 하늘 위로 떠가고
봄꽃들의 향연이 지천으로 가득하다.

가는 님

비가 와 주룩주룩
가는 님이 아쉬워

비가 와 추적추적
가는 님이 그리워

간다기에 내님이
어인 일로 가시나

정녕 이 길로 내 님
가고야나 말지나

비가 와 하염없이
가는 님이 서러워

풋 사과

그리우면 찾아 가는 언덕 위 과수원
하늘엔 뭉게구름, 흥겨운 여름
바람결에 흔들리는 푸른 잎사귀
숨어서 날 반기는 풋풋한 미소.

눈물 나면 다시 가는 비탈진 과수원
발 밑 엔 작은 시내, 고마운 그늘
하늘가에 흔들리는 푸른 잎사귀
수줍은 듯 날 반기는 싱싱한 미소.

사랑 버리기

너 하나 못 잊을 줄 알았더냐
세월 가면 잊혀지지.

너와 내가 손잡고 바라보던
바다 수평선 네 얼굴이 떠오르면
파도치는 포말 속에 지워버리면 그뿐

너 하나가 무엇인데 내 마음을 흔드나
가고 나면 그만이지.

서로의 마음을 눈빛으로 읽으며
다정하게 이야기 음악 듣던 강변카페에
네 생각이 그리울 땐
진한 술 한 잔에 취해 버리면 그저

너에 대한 연민이 영원할 줄 알았더냐
식어버리면 끝이 나지.

네가 없으면 못 살 것 같아
너와 같이 가던 산에 오르면
보고 싶은 애절함이 메아리로 돌지만

스산하게 부는 바람 속에 던져버리면
그것으로 끝이지 무슨

너 하나 못 잊을 줄 알았더냐.
울고 나면 잊혀지지.

강의 마음 (江 心)

비 오는 강둑에 서서
수많은 동그라미로 파문을 이는
수면을 바라다본다

잊을 수만 있다면
가슴에 무수히 일렁이는
애증의 포말들을 잊을 수만 있다면

길바닥에 취객이
뱉어낸 타액처럼
어두운 하늘에선 그렇게
증오의 찌꺼기를 내리부어도

강물은 말없이 그를
포용하고
더욱 도도하게 큰 물줄기를 이뤄
관용의 몸짓으로 깊어져간다

아픔이 사랑보다 아름다울 수 있다는 것은
미완의 사랑으로 아픔만 남을 때
그 아픔은
오히려 사랑보다 고귀할 수 있는 것

오욕의 빗줄기로 저 강이
동그라미를 그려내듯
그 아픔을 사랑할 수 있다면.

겨울 강변

자석처럼 이끌려간 미사리 강변 그 자리엔
눈밭 가득히
떠들썩한 아이들 웃음소리로 우릴 반기고
청량제로 귓전을 스치는 겨울바람은
함성처럼 갈대숲을 꿰뚫고 지나갔다

지난여름 강은 초록으로 푸르고
들은 지천으로 피어난 무명초로 가득하였다
이곳에서 우리는
풀벌레소리 자욱한 뚝 길을 걸으며
입맞춤하였다 사랑한다고.

그곳에 다시 가고 싶어요
다시 찾은 강변
바람에 휘불리는 눈모래 사이로
지난 기억들이 무지개로 난무하고
뚝 길 넘어 우뚝한 곳에 커다란 겨울나무 하나
맹세처럼 우릴 바라보고 있었다

매서운 겨울바람 머금은 강물은
시퍼런 얼굴로 하얀 이를 드러내며 흐르고
우리는 저 강물이 우리의 사랑과 같을 것이라고 하였다.
지워지지 말 것을 눈빛으로 말하며
우리는 한 줄씩 눈밭에 손가락을 시리게 하였다
사랑한다고.

비 오는 밤

새벽 두시 비가 내린다
지난 시간들의 능선을 타고 칠월의 장맛비가 내린다
모두 돌아가 허황한 도시의 거리
인간의 지붕들
그 불빛들 위로 밤비가 내린다
야공(夜空)에 번뜩이는 날카로운 섬광
내 가슴에 내려와 찍히고 이내 마음 굉음으로 울린다
이명(耳鳴)처럼 귓전에 풀벌레 소리 자욱하고
어디 양철지붕에 비는 내리나 소리도 큰데
그대는 지금 어디에서 비를 피하나
빗줄기에 쫓겨 들어온 야간비행편대가 비상(非常)을 알리고
두 손을 깍지 끼고 잠 못 들어 누워 듣는
주,
룩,
주,
룩,
빗소리
그대가 붙여놓고 간 천장엔 형광별이 가득하다.

후 회

어느 가슴에 외로운 강물 하나
흐르지 않는 사람이 있으랴
외로운 강물은 텅 빈 강줄기를 따라 조용히
흘러가고 싶을 따름이었을 뿐.......

난 그만 그 강물에 조약돌을 던지고 말았다.

어느 가슴에 외로운 바람 한 점
불지 않는 사람이 있으랴
외로운 바람은 스산한 갈대 숲 사이를 안개처럼
지나쳐보고 싶을 따름이었을 뿐.......

난 그만 그 바람 앞에 가던 발길 돌리고 말았다.

칠월의 오후

왜 이다지 기-나뇨
내일이면 구름 따라 남으로 가는데
한낮의 폭염
선풍기만 그저 돌고,
창 밖 문명의 소리 먼지처럼 가득하다
새벽이 언제 오려나
편지는 오지를 않고……

왜 이다지도 기-나뇨
가을이면 강물 따라 남으로 가는데
칠월의 태양
바람은 불지 않고,
뜰 밖 풀벌레 소리 연기처럼 자욱하다
계절이 언제 가려나
소식은 오지를 않고……

춘설(春雪)

여명의 새벽 춘삼월 눈이 내린다
가로등 불빛 아래 까마득히 내리는 눈송이들이
마치 우리들 저린 사랑과 같아
가는 겨울이 아쉬워
저렇듯 다시 눈은 내려
귀 시리고 마음 아파도
캄캄한 어느 고을 밤 호롱불 아래
그대와 마주 앉아
따스한 가슴을 주고받던 기억들을 그리며
펄펄 춘설은 소복이 내려
우리들의 지붕을 덮고 있다.

고애(苦愛)

바람 시린 강변에 서서
우리의 사랑을 이야기 한다

유리알 태양은 내게 비추고
북풍은 벌판을 가로 질러
불어 내게 오는데

썩은 강물은 흐르지 않으며
지울 수 없는 당신의 이야기는
멈춘 채 그대로 지천에 있다.

사랑하면 할수록
보고보고 싶을수록
가슴은 러시아워

세월은 흘러 망각의 강이 되고
그 강은 또 흘러 흘러
가슴 저린 곳을 덮으려마는

나는 오늘도 강변에 서서
매운 담배 한 대 물고
휑하니 빈 허공 아래서
생각하고 생각한다

당신 아픔을.

강변애상(江邊哀想)

오월이 오면 온다던
당신의 이야기를
버릇처럼 외우며
나는 오늘도 강변에 섰다

저 멀리 강 건너
차량의 물결은 무성영화로 흐르고
바람도 없는 강변엔
아무도 오질 않는다

같이 보던 은빛무더기
아카시아.
이제 너만 다시 돌아와
회색의 지친 모습
지천으로 피고

사랑은 한순간의 아름다운 거짓말
세월이 가고 계절이 가듯
그렇게 강물처럼 흘러
망각의 바다로 간다

가까이 있는 곳엔

모든 것이 소리도 없이 엎어져 시들어 있고

먼 곳에선

깃발 같은 아우성소리

사랑하던 사람의

나를 찾는 소리가 들려온다

먼 곳에서 허공을 타고

비명처럼 들려온다.

일출

누구에게나 태양은 다시 떠오른다
지난밤을 아픔으로 견디며 잠 못 이룬 이에게
넘치는 기쁨으로 아침 해는 저렇게 다시 떠오른다.
태양의 뜨거운 애무를 받으며
수평선 넘어 갈매기 날개를 펴고
어부들이 바다를 가로 질러
힘찬 새벽 항해의 돛을 올리면
드넓은 바다 한가운데로
밝고 찬란한 희망의 길이 내게 열린다.
흔들리며 크지 않는 나무가 어디 있으랴
비바람을 맞지 않는 바위가 어디 있으랴
사막에서도 꽃은 핀다
간밤에도 갈대는 긴 어둠을 견디며
저리도 사무치게 아침 햇살을 맞고 있지 않느냐
가자 저 넓은 바다로 흰 돛단배를 타고
그대 함께 손잡고 태양이 열어 놓은 불길을 따라.
새벽 파도가 힘차게 나의 가슴을 친다
어서 가라고 어서 가라고.

포 도

밤새 어두운 곳에서 나를 기다려준 그대는
그윽한 포도 향을 품고 있었다

자신을 잊고 가버린 사람을 원망하며
스스로를 허물어 버릴 만도 하였으나
오히려 탱글한 열매를 안으로 익히며
기다림의 시간을 보냈을 것이다

그대는 그렇게 아침을 맞고
기다리던 사람을 만나
그 사람이 미안하고 반가운 표정으로
자기를 맞이할 것을 알기에
애정의 눈물로 그렁지고 있었던 것이다

사랑하는 이여
우리의 슬픔을 오로지
그대의 탓으로만 수용하고
한사람의 눈물을 닦아 주기만 하는 그대는
진정 알알이 영글어
진한 향을 내뿜는
향기로운 여인이런가!

추상(秋想)

늦가을 산 단풍이 울 부락
너를 향한 내 마음이 불그락.

누가 저 산에다 파레트를 던져놓았나
어느 님이 내 가슴에 불을 지폈나.

공허

텅 빈 운동장
아이들은 다 어디로 가고.

텅 빈 내 마음
사랑은 다 어디로 가고.

바람이 서늘하다.

시인과 낙엽

시인들은 시를 쓰지
감상에 젖어 나름
현란한 언어를 구사하며 느낌들을 쏟아내지

무슨 말인지 모르면서
아는 척 읽어 봐도 잘 모르는 언어들의 유희
너희들은 잘 몰라 내가 하는 말을
그걸 이해할 수는 없어 네 기준으로는
사람들은 어쩌다 한번 그 시를 보곤 버려버리지
운 좋게 도서관 갈피에 그 시가 있을지 몰라도
그게 뭐 무슨 소용
공염불 외워도 허공에만 맴돌지
써 도 써 도 이젠 빛바랜 한낱 글씨들

그래도 시인들은 시를 쓰지
황량한 거리 낙엽 쌓이듯 시를 쓰지.

사랑

산다는 게 잘 되고 안 되고를 떠나
그저 묵묵히 해나가는 것입니다
잘 되고 안 되는 것을 놓아버리고
그저 다 받아들이며 해나가는 것입니다.

사랑도 마찬가지입니다
그저 그 사람을 생각하며 가는 것입니다
그 사람이 날 보아 주기를 갈망하지 말고
그저 다 받아들이며 따라가는 것입니다.

천번 만번

백번을 물어도 당신이 제일 예쁩니다
천 번을 물어도 그대가 제일 예쁩니다

같이 있어도 언제나 좋은 당신
손만 잡아도 언제나 좋은 그대

가자 가자 같이 저 무릉도원으로
그래 같이 가자 저 북망산천으로

천 번을 물어도 그대가 제일 예쁩니다
만 번을 물어도 당신이 제일 예쁩니다

매미

여름이 끝나가니 매미들이
정열적으로 울어댑니다

집도 없이 이슬 먹고 수액 먹고 사니
청렴하다 하지 마라
가기 전에 님 찾아 사랑 찾아
그렇게도 울어대나요
쓰랑 쓰랑 ~~~~~

입추가 지나가니 매미들이
악을 쓰고 울어댑니다

땅속 칠년 인고의 세월
지상에 나와 십여일 짧은 생
서러워 아쉬워 그렇게도 울어대나요
쓰방 쓰방 ~~~~~

그래서 좋다

산새 우는 오솔길에
솔새 같은 그때 그 사람이 있다
그래서 좋다.

가냘 피 피어있는 코스모스 언덕에
여윈 그때 그 사람이 있다
그래서 좋다.

시원한 물소리 흐르는 계곡에
청순한 그때 그 사람이 있다
그래서 좋다.

그때 그 사람만이 내 마음에 있었고
지금도 그때 그 사람만이 내 마음속에 있다

나룻배 흔들리는 해변에
잔영의 그때 그 사람이 있다
그래서 좋다.

잔물결 일렁이는 저 호숫가에
잔잔한 그때 그 사람이 있다
그래서 좋다.

그리움

저 강렬한 7월의 태양빛에 밀려오는
그리움
그 진한 그리움의 눈물.

저 뜨거운 7월의 포도밭에 익어가는
그리움
그 진한 그리움의 송이송이.

저 타는 듯한 7월의 백사장에 밀려드는
그리움
그 진한 그리움의 포말들.

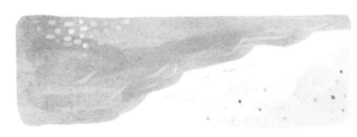

감사하는 마음

구하려는 마음보다
그저 이렇게 존재하고 있음에 감사합니다
바라는 기도보다
그냥 이렇게 사랑하고 있음에 감사합니다.

저 산 넘어 그대가 있고
여기 또 내가 있으니 감사하고
저 강물 따라 그대 맘과 내 맘이
같이 흐르니 감사하지요.

더 많은 걸 얻으려는 기도보다
더 귀한 걸 찾으려는 마음보다
당신과 나 여기 함께 있으니 감사합니다.

우리들의 오월

눈부시게 빛나는 오월
눈부시게 빛나는 당신

아름답게 빛나는 초록
아름답게 빛나는 우리

눈부시게 빛나는 태양
아름답게 빛나는 너와 나

내일에는 다시 오고 뜨는 오월과 태양
우리에겐 다시 오지 않을 이 계절과 초록

가자 저 산야로
가자 저 강과 바다로 ....

낙화

봄날 꽃잎이 떨어져 눈처럼 쌓이네
피던 꽃잎 한 자락 바람에 속절없이 떨어졌네.

꽃같이 빛나던 젊은 날의 사랑
별처럼 빛나던 젊은 날의 낭만
세월 따라 흔적 없이 강물처럼 흘러갔네.

이제 봄은 다시 돌아와
지천으로 꽃은 피고 떨어져
내 마음엔 옛 시절이 꽃처럼 별처럼 떨어지네.....

허무

사라지면 다시 오고
새로 오면 스러지고

그것이 우리네 사랑
그것이 우리들 인생

가는 이는 흩어지고
오는 이는 돋아나네

절멸과 환생
이 세상은 그대로네

장터에서

어제는 잃어버린 감성을 찾아 헤매다
지쳐 포기하고
한 사발 막걸리에 기진하였다

오늘은 이제
한 가닥 풀 육신의 여유까지도 없어져
오히려 감성이 난무하는데

들녘에 핀 여름날의 어여쁜 꽃무리보다
다 지고 난 잎 떨어진 줄기 무덤이
더욱 사무치는 정경을 보여주는 것은

우리가 세상을 어떻게 보아야 하고
어떻게 가야 하느냐를
생각하게 하여주는 것

장날처럼 부산한 거리에 서나
외로운 갈대숲이 비비거리는 강변에 서나
그래도 사랑해야 한다고
바람은 내게 말해주고 있었다.

외포리에서

외포리 선착장
한가한 개찰구 낡은 의자에 앉아
팔월의 태양이 내리쪼이는
바깥 풍경을 바라다본다.

여름내 무더위에 지치고
언제 이 지루한 여름이 끝나려나 라는
한결같은 표정으로
그늘에 둘러앉아 배를 기다리는
외포리 사람들

바람은 불지 않고
하늘에 흰 구름은 한낮의 오수라도 즐기듯
움직이지 않는데
텅 빈 나루터 자갈 광장엔
따가운 햇빛으로 눈이 부시다.

아직도 오지 않는, 오려면 멀은
배를 기다리는 외포리 사람들에겐
무심함만이 자리하고 있을 터인데 —

내 가슴엔
나루터 광장 바닥에 떨어져 부서지는
날카로운 햇볕의 파편만이 무성하다.

산위에서

나고 죽음에 있어
소중한 것이 사랑이라고
수없이 들었습니다.

산을 오르며 생각 했죠
소중한 사람을 위하여
얼마나 많은 나날을
지치며 울며 보냈는가를

하늘이 닿을 것 같은
높은 산에서 아래를 보며
한낱 산새 같은 인간이
사랑을 얘기하면 무엇 하랴.
한낱 구름 같은 존재가
사랑을 꿈꾸면 무엇하랴

누군가 말 했습니다
사랑이 이렇게
바위가 으서지는 아픔인 것을
그대는 알아야 한다고

산에서 내려오며
그래도 혼자서 하는 말이
죽어서도 소중한 것이
사랑이라고 하였습니다.

너에게로 가는 길

어떻게든 가야한다는 것을
넋을 놓고 만원버스에 서서
내내 생각하였다

사직동 높은 도서관을
무거운 가방을 들고 땀 흘리며 오르다 지쳐
짓누르며 다가오는 알지 못 할 짐에 눌려
한 가닥 그늘에 앉는다

도시의 소음소리 사면초가로 밀려들고
막바지 매미의 울음소리 소리치듯 절규한다

저렇듯 칠월의 하늘은 뜨겁고
무성한 아카시아 잎새 사이로
비치는 그 눈부심처럼
나는 너를 사랑하였다

세월은 흘러 강처럼
바다로 가고
낙엽은 떨어져 눈물처럼
대지로 흐른다

어떻게든 너에게로 가야 한다는 것을
스스로에게 물어도 알길 없으니
매연 가득한 도시의 바람만이
가슴을 헤집는다.

봄날의 사색(思索)

갈 동산의 무성한 잎 자락을 털고
긴 겨우내 무심히 멀어져 있던 앞동산이
선뜻 선뜻 이제 내게 다가온다

지난 가을의 끝자락에
여인은 겨울을 예감하듯
아름다운 기억의 돌부리를 발로 차며
풍요의 고장을 떠났다

삭풍 속에 사냥감을 찾아야 하는
들짐승의 눈빛 같던 겨울
그 겨울에 나는 저 산을 잊은 채
무엇인가에 쫓겨 움츠리며
모래바람 속에서 그냥 그렇게 살아야 했다

기다리는 마음에
산비탈이 이렇게 붉게 물들고
소리 없이 계곡에 물이 흐르는 것을

겨울은 왜 이다지 길기만 하나
세월에만 몸을 기대어
미쳐 봄을 마중하지 못한 것이다

자연은 여인보다 정이 깊어
홀연히 갔다가는 저렇게 다시
소리 없이 푸르름으로 다가서는 것일까

이제 봄은 다시 내게 안겨
노래하듯 시내가 흐르고
시냇물 저편 솔새도 날아오르는데
동구 밖 끝 무심한 아지랑이는
저 혼자만 너울너울 피어지누나.

신록유감(新綠有感)

연분홍으로 물든 산비탈에
신록이 무성하다
예년처럼 어김없이 봄이 찾아온 것이다

오는 계절 막지 못하고
성큼 다가가 맞을 수 없으니
계절의 무심함이냐
보는 이의 상심함이냐

전에 생각했었다
종다리 우는 봄이 오면은
지천으로 피어나는 꽃들과 푸르름으로
내 마음 가득 채워져
내가 봄이 되고
봄이 내가 되기를

이제 그저 무심한 봄만 돌아와
자태를 새롭게 단장하지만
너 없이 찾아온 신록
나의 등을 돌리고
너 없이 찾아온 계곡의 물소리
내 가슴을 흔들 뿐이다.

여행이야기

차창을 스치는 구태한 피상들 중에
한적한 개울가에 핀 패랭이꽃의
줌인(zoom in)
그 렌즈 안에 지난 사랑의 소중한 얘기

떠나는 것은 만남을 전제로 하고
다시 만남은 우연을 가장하는 것이니
우리는 아무리 여행이 고독할지라도
문밖을 나설 수 있다

이제 돌아가 우리는
무언의 울타리에서 또다시 절망하여도
기약의 여행에서 반추되는 가슴으로 하여
다시 사랑할 수 있음을

소중한 것은 눈에 없을 때
안타까워 잊을 수 없고
흔한 것은 눈에 있어
돌아서면 안 보이는 것

봄날 산자락에 언제나 지천한
꽃들은 봄이면 피어 내게로 오나
지난날 좋아라 간직하던 장난감들이
세월 지난 내게 더 이상 소용이 없듯

영원과 순간을 구별하고
진한 것과 맑은 것을 알아내는
지혜를 깨닫기 위하여
우리는 여행을 한다.

오월 논 풍경

갓 모낸 논에는
하늘이 있다
하늘을 배경으로 하나 둘 셋 넷
모들이 줄지어 열병(閱兵)을 하고
대열 속에 고요한 파문
물방게 떼들 수없이 원을 그린다.

갓 모낸 논은 물색 도화지
나무들이 거꾸로 자라고
구름 두둥실 아래서 흐른다
낯선 이 하나 논둑에 앉아
들풀 꺾어 물에 뿌리니
날아가던 산새하나 황급히 사라집니다.

예전에 몰랐네

그것이 소중한 것인 줄
예전에 몰랐네
밤하늘별이 가득해야만 쳐다보았지
초저녁 한 자락 뜬 별은 보이지 않았네

세월이 흘러
시간이 흐른 뒤 아쉬워
어제의 별 오늘 그 자리에
뜨지 않음을 알았네
시냇물 모여 푸른 강 됨을
이전에 몰랐네

앞동산 진달래 만발해야 가서 보았네
산기슭 無名花 하나 매일처럼 지나쳐도
몰랐네 피어있는 줄
세월이 흘러 일상처럼 무상할 때 나는
그곳에 피던 옛 꽃이 오늘의 꽃 아님을
이제 알았네.

춘우단상(春友斷想)

간밤 열어둔 창을 넘어 끊어질 듯
두견이 울음소리
이명처럼 들리더니
오늘 반가운 친구 찾아와 봄을 이야기 하네

문득 흔들리는 지축
초목에 물오르고
초봄 성급한 꽃무리
떼를 이룬 채
어디 가득히 아이들 웃음소리를 타고
지천으로 피어난다

언제나 계절보다 먼저
사람들 분주해지고
화답하듯 지상의 물상 자태를 자랑하며
그 노랫소리 함께 산천에 풍성하다

반가운 친구 함께 실개천에 나앉아
버들가지 꺾어 옛 노래 같이 부르니
오가는 맘 가슴 열리고

무겁던 다리 펴지니
이제 나에게도 봄이 오네.

카페에서

나의 思念은 언제나
레코드판처럼 그저 돌고
돌아 나와 혼탁한 허공에 섞였다
다시 제자리로 간다

가야한다
세찬 바람에 날리는 흙먼지처럼
저 푸른 광야로
하면서 오늘도 어제처럼 가지 못하고
취한 가슴에서 나와
빈 공간을 울리고 연기로 떠올라
세상이 애절하여 울고 있는
눈동자들을 본다

나의 행동은 사념의 친구인
아날로그 시계
외로운 방랑자의 작은 천국에서
좌로 돌고 우로 도는 부러진 바늘을 가졌다

다짐은 일상처럼
날이 새면 햇살에 부서져 흩어져
하수구에 빠지고
또다시 먼 곳 도도히 흐르는
푸른 강물을 본다

하여 나는
자욱이 피어오르는
욕설의 대화 속에서
언뜻 비쳐 보이는 작은 불꽃
그것으로 오늘도
여기에 있을 수 있다.

빈산

겨울 산 계곡에
시리게 바람이 분다
굶주린 산짐승 타지로 가고
눈이 내린지 오래인
산은 유난히도 골이 깊다

계절 따라 무성히 잎 푸르고
無名의 꽃 피어 가득히
골은 깊을수록 풍성하였고
겨울에도 눈밭 가득하였다

산은 높고 계곡이 깊어
맑은 물 출렁이던 전설의 산은
노쇠하여 거친 바위 무성하고
새는 지쳐 넘지 못한다

이제 산은 있으나
황량하여 구름 깃들지 않고
주름살처럼 계곡은 구부려져
마른 돌부리 여린 바람결에도 휩쓸리운다.

나의 자리

나는 나 있는 자리에서의
내가 되리라
구름이 유혹해도 길 떠나지 않고
바람이 손짓해도 흔들리지 않으리

산꼭대기 큰 바위
모진 풍상에 굴하지 않으니 사람들이 항시 오르고
천년을 뿌리박은 은행나무
벌 나비 늘상 날아와 해마다 풍성한 열매를 맺네

마음이 흔들릴 땐
도도히 흘러가는 강물에 발을 담구고
영혼이 지칠 때는
높고 푸른 하늘을 바라다보자

나는 나있는 그 자리에서 온전한
내가 되리라.

완성

진달래 철쭉 지고
아카시아 피면
우리의 사랑도 저것과 같아

긴 겨울 불었던
바람 잊은 채
푸른 산 파란 들 그 위에
가득 흰 무리 꽃으로 핀다

뭉게구름 두둥실
작열의 태양
여름은 길어서
우리들 두 손 맞잡고

강으로 바다로 가고
나무줄기 마다 열매
평원 곡식 가득한 곳에
이윽고 다가온 계절의 끝
가을

그곳에서 우리는
다가올 寫生의 계절을
잊은 채 모르는 채
머무를 수 있어야 한다
머무를 수 있어야 한다.

사랑 회귀(回歸)

원래 제자리의
소중함을 우리는
잊고들 살아가고 있다

다람쥐 틀 같은 일상을 벗고
터미널 차창을 사이에 두고
연출되는 이별에서 보는
상대의 모습

짐을 벗으며 바람처럼
황황히 떠도는
어느 낯선 지방의 황량한 항구
그 썩은 바다가 오히려
우리의 짐을 지울 때

우리는 누구에게나 운명처럼
주어진 사랑의 틀을 벗고자
울고 웃으며 한탄하지만

먼 무인도의 절벽 해안에
무수히 부서지는 푸른 파도와
빛나는 날개를 숨기고
부패한 먹이를 쫓는
한 무리의 갈매기 떼에게도
격정과 갈등은 있어
산다는 것은 고독한 강물
사랑한다는 것은 외로운 바람

이제 우리는 상습처럼
모두 제자리로 돌아가
소중히 서로의 가슴을
바라보아야 한다.

비둘기

어느 날
도시의 한 모퉁이를 돌고 있을 때
빨간 눈의 비둘기를 보고
사람들은 소스라치게 놀랐다

본시 평화의 상징인 비둘기는
이전까지
파란하늘을 항시 날고
한적한 공원가 길녘에서
사람들과 푸른 눈으로
친숙했었다.

어릴 적 그림시간 아무 거리낌 없이
비둘기의 눈에 파란 물감을 들이고
자랑스러워하던 때가
기억에 생생하거늘

철이면 철마다 매연탄이 터지고
알지 못할 설움에
눈물을 흘리며
쫓기듯 밀려나면서 잊었던 것이
바로 저 비둘기였다

머지않을 훗날
무심코 거울 앞에 섰을 때
사람들은 자신의 눈을 보고
또 그렇게 놀랄 것이다.

봄을 기다림

하늘가는 수심 깊은 잿빛으로
가장 낮은 데로 내려와 앉았다.
황량한 벌판 게딱지의 지붕들과
불치환자의 신경 같은 전선들을 날려버릴 듯
봄이 오는 길목에서
바람은 세차게 흙먼지를 날려 올린다

만남은 기다림의 긴 사슬들이
모이면 모일수록 반가웁고
사랑은 슬픔의 징후들이
떨어져 고일수록 소중한 것이라 하여
옷깃을 여미며 주머니에 찬 손을 찌르고
하늘을 치켜보며 머지않아 그리운 날들이
올 것이라 올 것이라고 하였다

언제나 계절에서 배신을 받듯
겨울은 또 저렇게 광풍을 날리며
우리의 가슴 섶에 돌가루를 던지고
또 다른 뒤의 계절에 자리를 물려주리라
하여
만남과 사랑도 계절과 같아
기다리는 자에겐 언제나
수심과 배신만이
되풀이 되리라는 이치를 깨닫게 한다.

봄의 한 가운데

성류굴 깊고 어둔 곳에서 나오니
문득 앞 산 절벽에 봄빛이 완연하다

강물은 살랑살랑
나무들은 이제 막 녹색 칠을 완성했다

나는 햇빛을 가득 받으며
신라왕이 피신했다는 왕피천에서
나도 무엇인가를 피해 탁주 한잔에 자족한다

상춘객들이 시끌하고
산나물 파는 할머니들의 호객소리가 싫지 않은데
나는 혼자 강 건너 먼 산을 어이 무심히 바라보나

봄바람이 산들산들 스쳐 지나간다
저 바람 따라 잊어야 할 것들은 어서 잊으라
그리고 잊고서 가라
아지랑이를 타고 너울너울
봄의 한가운데로……

가을 배웅

계절의 예고도 없이
낙엽이 포도위에 구르고
찬바람은 흑 먼지를 감아올린다
아 가려나 너는
풍요의 가을을 느끼지도 못한 채....

상심한 마음
주머니에 손을 찌르고
황금빛 들판을 뒤로 하며
뒤돌아보지 말고 가야한다
겨울의 침묵 속으로
낙엽들을 따라서....

너와 나

하늘 아래
너와 내가 이렇게 외로운 것은
너와 내가 있음으로이다

너로 인하여
나의 외로움은 잉태되었으나
나는 여태껏
나의 외로움이 어디서부터
연유되는 것인지를 몰라
괴로워했다

너를 처음대하여
너의 외로움에
동반자가 되어 주질 못하는 것에
나는 괴로웠을 것이다

너는 나로 인하여
외로움은 한층 깊어져
풀 수 없는 매듭이 되고
결국 너 또한 외로움이
어디서 연유되는 것인지 몰라
괴로워했다

하늘 아래 너와 내가
이렇게 외로운 것은
너와 내가 있음으로이다.

외로움

나는
나 혼자인 채로서의 나로서
서있다.

수많은 인파가 있는 공간
문명의 티끌이 날으는 시간

나의 존재는 생 위에서
혼자로서 있을 때
나의 존재가 있다

한 가닥 트여진 하늘의 햇살도
내게로 부서지지 않고
사선으로 퍼붓는 빗줄기도
나를 비껴간다

태어날 때와 죽을 때는
혼자 나고 혼자 죽지 않지만
살아 있는 동안의 나의 삶은
나 혼자로서 간다

내가 너를 느끼고
네가 나를 안다는 것은
달 없는 밤.

기억(記憶)

아침이면 어제의
사소한 일들이 기억에 없듯
잊을 수 있다는 것은
우리 감성이 무디어 진다는 것

생각함으로 인하여
절절이 가슴이 아프지 않고
보는 것으로 인하여
눈시울을 적시지 못함은
우리 일상이
건조하기 때문이지

아픔은 아픔대로
애증은 애증대로
과거에서 현재로 거슬러 올라와
우리의 가슴에서 소용돌이칠 때
그것은 다분히 인간적이며
가치를 부여받을 수 있는 것

그러나
오늘이면 어제의
하찮은 일들을
기억에서 연습처럼 밀어내듯
잊을 수 있다는 것은
하나의 石像으로 우리가
전락하고 마는 것이지.

유원지

텔레비전과 신문이 있는 도시를 떠나
가을이 있는 정경을 보기 위해
이곳으로 오는 길 만원버스 안에서
나는 무엇인가에 식상하였다

어릴 적 예날 그 동안(童顔)에 남아있는
아직도 선명한 자취는 보이지 않고
아마 이곳이 아니었던가 하는 그곳은
유원지가 되었다

이제는 철이 지나
철시로 남아 있는 이곳
자가용으로 짝을 이루어 몰려드는 곳에
증기가 풀풀 나는 무슨 여관 같은 것들이
계곡을 배경으로 엎어져 있다

어인일인지
늦가을 서리도 한번쯤은 내렸음직한 데
저산엔 나무도 무성하건만
잎들은 칙칙하게 검은 색으로 남아
無言의 항변으로
내게 다가왔다

돌아오는 길. 텅 빈 역 광장
바람만 무심한데
누군가 피워 놓은
반가운 모닥불에 쪼그리고 앉아서
驛舍 넘어 지는 해를 바라보며
나를 훈연하고 돌아왔다.

산을 오르며

세월이 가면서
산은 높아지고 계곡도 깊어지거늘
반갑다 울어주는
홀로 앉은 까치도
예전에 듣던 그 소리는 아니며
발굽에 부딪치는 돌부리조차
얼어붙어 구르지 않는다

지나면서
보기 싫은 것 보아가며
허기짐에 가슴 모으며
가는 것이 산행
멀리보아 완만한 것이
저 산이지만
오르고 갈수록
깊어져 가는 것이
우리네 삶의 모습과 같아
등줄기에 땀을 돋고
숨을 허우적거리며

어느 쯤에나 저 산정에 다다르고
또 무엇이 있으며
아래 보이는 것은 어떤 모습들일까

이제는 그만
애증에서 숨을 거두고
관조의 눈빛으로
세상을 바라볼 수 있다면
그리하여 모든 사물과
그 움직임을 포용의 몸짓으로
맞이할 수 있다면

인간이 산다는 것이
그렇게 대수로운 것이 아니고
또 인간이 죽어 가는 것이
그다지 중대치 아니한 것을
내 짐작해 모르는 바 아니건만
나날이 나의 모든 것을
잃어버리고 잃어버리고
숨 가빠 하는 것은
무엇을 터득하고자 하는 것이냐
인연되어진 모든 것을 사랑하고

얽히여지는 이야기들을
거부하지 말며 갈 수만 있다면

도봉을 오르며 나는 기대한다
산행에 다리가 저리고 등줄기에 땀이 흐르지만
저위에 올라서 보면
무엇이 보이고
또 무엇인가가 느껴질 것인가를.....

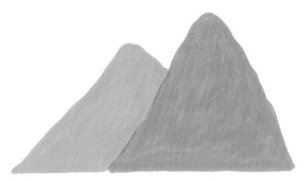

봄날이 가네

아쉬운 봄날이 가네
느낄 새도 없이 춘풍 한번 불어대니
고운 꽃잎 우수수수 나뒹굴고

기다렸던 봄날이 가네
들을 새도 없이 빗방울이 우두두두
노래하던 춘조 무심허이 저산 넘어 날아가네

님과 같이 들길 산길 걷고픈 데
실개천 흐르는 물 너울너울 아지랑 타고
하릴없이 봄날은 가네.

애증 행위

우리는 늘 상대로부터
잔잔하게 보살펴 받고자 한다
그러므로 상대의 몸짓에서
희비를 느낀다하여
나무만을 보고 숲은 보질 못해
오해는 곡해를 낳아
돌아서고 원망하고
사랑은 증오로 화하여 간다

애증은 끓어올라
우리가 사물을 바라보는 능력을
혼란케 하며
감정의 표출이 그대로 여과되지 않은 채
행동으로 옮겨질 수 있기에
사랑과 증오는
같은 족속이면서도
양면의 이율배반을 동시 함유하고 있음에
우리들 서로가
지니지 않을 수 없는
지극히 인간적인 모습이런가

그러나 그러한 행위의 반복이
정작 뽑아 버릴 수 없는
심연의 넓은 바다 사랑 위에선
무의미하다는 것을 깨달을 수 있다면.
이제는 도도히 흐르는 강을 느끼되
잠시 잠깐 튀기는 물방울이
척척하다하여
강의 깊은 의미를 외면하는
우를 범하지 말고
먼저 나로 하여
상대를 잔잔하게 보살펴 줄 수 있는
몸짓으로 서자.

생(生)

골목을 접어든 순간
찬바람이 얼굴을ㅌ 때려
고개를 돌렸으나 無爲
얇은 가슴팍으로 냉기가
찔려 왔다

뛰자 집으로 뛰자
빨리 뛰어가자
그래도 곰팡이 슨 내방은
온기가 남아 있을 것이다

먼지 풀풀 나는 그곳은
인적 없는 황량한 벌판
남은 눈들은 먼지와 함께 퇴색해 버리고
외로운 새 하나 빈 하늘 비켜 갔었다

만나질 것이 있을 것 같아
돌아온 도시
유령의 눈빛들만 난무하는
마음 줄 곳 없는 혼돈의 공간

빗장을 밀어 제치고 사냥하듯
뛰어 들어간
나의 공간 내방엔
오늘도 불 꺼진 얼음장으로 남아 있었다.

그 시절

버스를 타고
그 자리에 돌아와 홀로 섰네
세월이 무수히 흘러
바로 그 자리에 와있네
내가 다니던 길 내가 드나들던
그 집들은 없어졌네 어디론가
같이 웃고 떠들며 한잔하던 이들도
보이질 않네 어딜 갔을까
세월이 무정타면 무엇 하랴
지난일이 그리우면 무에 하랴
호기 있게 이 거리를 활보하던
빛나던 그 시절은 어디로
꿈을 품고 웅지를 다스리던
야심의 계절은 가고......
공활한 빈 하늘에 흰 구름 떠가는데
버스를 타고 허황히 돌아가네
탁주 한잔 마시고......

봄이 오는 소리

봄이 오시려나 봅니다
사르르 옷깃 풀리는 소리.

님이 오시려나 봅니다
토박토박 길 밟는 소리.

들려옵니다.

설국으로 가는 기차

신새벽 눈이 내린다. 서설이다.
까아만 하늘에서 내리는 눈은
하이얀 드레스를 입고 내린다.
아무도 가지 않은 길은
하얗게 덮여 눈이 부시고
도열해 있는 가로등 아래로
눈발 성성하게 내리는데
그길 위로 새벽기차가 달린다.
그녀를 싣고 달린다

그녀는 내게 팔짱을 끼고
내 맘 알지 젖은 눈길을 보내고
나는 그녀의 어깨를 보듬고
화답의 미소를 짓는다.
달리는 차창으로 눈송이는 다가와
안녕하며 인사를 하고
나무 위에 쌓여가는 눈들은
츄리장식처럼 하얀 등을 밝힌다

이 길로 곧장 가면 설국이다
예서 멀지않은 곳에 빛나는 설국이 있다
그곳에서 우린 행복할 것이다.
언제나 반가운 눈이 내리고
항시 굴뚝에서 따스한 연기가 피어오르는 그곳에서 우리는
노루랑 같이 뛰놀며
아이처럼 사랑할 것이다

그녀 실은 기차는
보석처럼 퍼붓는 눈 터널 길을 뚫고 잘도 달린다.

기다림

기다리는 사람의 가는 길에는
종착역이 없다
그리움의 방울방울
푸른 강물로 엮어내어
바다로 휘달리어도
끝 간 줄을 모른다.

기다리는 사람의 파란 액자엔
테두리가 없다
그리움의 파편들을
하얀 구름으로 피워내어
하늘로 띄워 올려도
채울 줄을 모른다.

버스정류장

버스정류장에 앉아
당신이 타고 있을 버스를 기다립니다.

언제나 당신이 오실까
기다려도 버스는 아니 옵니다.

삶

잡초가 뽑혀
말라 시들어 가는 것을 보면
그래도 살려고 나온 것인데 마음이 애잔합니다

눈이 내려
세상이 모두 덮히면
산짐승 들은 뭘먹고 사나 걱정이 됩니다

지하도 침낭속 노숙자들의 술 취한
대낮 취침

할머니 할아버지들의
등 굽은 걸음걸이

이른 새벽 첫차를 타고 일터로 가는 고단한 노동자들

우리는 어디에서 무엇을 하러 왔다가 어디로 가는 지

멀리서 기차가 검은 연기를 내품으며 목적지도 없이 달려갑니
다.

눈(雪)

신새벽 창가에 눈이 내립니다
내리는 눈은 나풀나풀 잘도 내립니다
그 모습이 꼭
내님이 윙크하는 것만 같습니다
오늘은 우리 님이 오시려나 봅니다
눈은 더욱 짙게 펄펄 내려 내 사랑처럼
하얗게 쌓입니다.

그녀와 소풍

그녀를 만나기로 한 전날 밤은
잠이 오질 않는다.
무슨 옷을 입을까 신발은 뭘 신을까
만나면 무슨 말을 할까
손잡고 어디를 갈까
이 생각 저 생각 이리 뒤척 저리 뒤척
도대체 잠을 잘 수가 없다

초등학교 시절 소풍가기 전날 밤도
잠을 못 이루곤 했다
삶은 달걀 싸가야지
엄마는 사이다를 챙겨줄까
비가 오면 안 되는데
이쁜이는 머리를 예쁘게 묶고 오겠지
그렇게 새벽이 하얗게 오곤 했었다

세월은 흘렀어도 설레기는 매한가지
잠 못 들어 도리어 퀭한 눈은 푸시시
잘 보이고 싶은 맘에 망친 지난 밤

그래도 오늘은 그녀를 만나
소풍을 간다.

놓지 못하고

놓지 못하고 미련을
바람 따라 그저 님 따라 가네

놓지 못하고 인연을
구름 따라 마냥 님 따라 가네

님은 저만치 너울너울 앞서서 어딜 가시나
님은 저 끝에 아스라이 보이질 않네

추억을 놓지 못하고
세월 따라 그저 님 따라 가네

사랑을 놓지 못하고
그림자 따라 끝도 없이 마냥 님 따라 가네.

마음은 청춘

거울에 비친 내 모습은 늙어 보이나
난 아직도 순진한 생각만 하고 있다

드라마를 보다 실없이 눈물 훔치고
애들이 잘 보는 예능프로를 즐겨보니
몸은 시들었으나 마음은 어린가보다

길을 걷다가 젊은 여자 눈에 보이고
쇼윈도우 영패션이 즐겨 보이니
제 딴 아직도 청춘인줄 아는 것인지

부질없이 허연 머리를 검게 물들이고
어색하게 청바지를 꼭끼게 입어보지만
몸과 마음은 엇박자로 언제 철드나

육십 넘어 산 날보다 갈날 짧은데
철부지 노익장의 허세만 부풀려가네.

봄날

봄이 되어 꽃들이 지천에 만개하다
마치 겨우내 동토에서 억압받다
탈출이라도 하려는 듯
누가 질세라 다투어 꽃망울을 터트린다
그러나 나는
그 꽃들이 별로 살갑지가 않다
봐도 그저 시들한 뿐 감흥이 일지 않는다
왜일까
그렇지 ~
나는 항시 날마다 꽃을 보며 살았기 때문이다
화려하고 현란하진 않으나
정숙하게 고개 숙인
어여쁜 그 꽃
나는 뽐내며 피어있는 꽃들보다
수줍은 듯 미소 지며 나지막이 내곁에 피어있는 그 꽃을 좋아
한다

어쩐지 봄꽃들이 내 맘에 무심한걸
그 이유 이제 알았네 ~

봄날의 자유

봄날 일요일 오후 화창한 햇빛이 마루 깊숙이 밀려 들어와 있다

나는 무엇에 쫓기듯 햇빛을 피해 그늘진 한 구석으로 자꾸만 밀려난다

인터넷을 뒤적이다 무료해 바라 본 TV 화면 속엔 봄나들이 즐기는 인파들로 가득하다

무엇을 따라 저들은 이리 몰리고 저리 몰리고 할까

나는 갈 곳도 가고픈 곳도 없는데

창밖엔 산들바람이 부는지 꽃망울 머금은 가지들이 살레살레 흔들리는데

적막 속에 아이들은 진작 나가서 오지를 않고

그녀는 동창회 간다고 가선 저물도록 연락이 없다

일주일 내내 얼마나 기다리던 자유이던가

저 바람 저 사람들 이 봄날은 얼마나 자유로운가

하지만 어디서 개 짖는 소리만 간혹 들릴 뿐

허공에 뜬 먼지도 숨을 죽이고 있는 지금

저 햇살은 날카로운 비수가 되어 나의 자유를 찌르고 있다.

낙화와 사랑

온갖 꽃들이 지천에 만발하고
새들이 짝을 이뤄 노래하는
눈이 부시게 아름다운 봄날

먼저 피어 주목받지 못한
낙화가 시들하게 땅에 떨어져있다

사람은 나서 살다가 그렇게 가고
누구는 무엇을 하고
또 누구는 무엇을 못했고

사랑하여야 한다
나는 너를 사랑하고
너는 나를 사랑하고

저 꽃들은 내년에도 피고
저 새들은 후년에도 노래 할 테지

그러니 유한한 우리는
속절없이 휘이 바람이 불기전
서로 사랑하여야 한다
서로 뜨겁게 사랑하여야 한다.

남촌동

인천에 가면 남촌동이 있다

큰길에서 벗어나 작은 신작로를 지나면
야트막한 구릉이 있는 곳
옹기종기 마을이 있는 그곳이 남촌동이다

남촌동에는 언덕아래 남촌초등학교가 있다
그곳에서 민들레를 닮은 꼬마들이 뛰놀고
동네 뒷산 언덕 복숭아꽃이 한창인 과수원엔 꽃비가 내린다

남촌동이라 싱싱한 봄바람이 남쪽에서 불어오면 비탈엔 염소들
이 노닐고
제비들이 바람 따라 깝죽깝죽 흥겨우면 하얗게 무리지어 핀 파
꽃 위에
나비들이 팔랑팔랑 짝을 이룬다

대도시 한편에 자리 잡은 시골 산촌 같은 남촌동
이곳은 요즘 보리밭이 푸르르고
지나는 곳마다 찔레나무 패랭이꽃 토끼풀 씀바귀
이름 모를 풀밭

뻐찌나무 그늘이 정겨운 그곳은 언제나 내게 전원풍경을 안겨
준다

이곳에 소박한 마을사람들을 태우고 하루에 서너 번 버스가 다
닌다
나는 이곳을 지날 때마다 기분이 좋아지고 언제나 가기 전에는
마을 정경이 그리워진다

오늘도 나는 남촌동을 찾아가는
버스운전사이다.

이별

도시의 새벽
바람이 휘익 불어
가로수 잎이 속절없이 흔들리고
내 마음도 따라 흔들리누나

가야하는가
사랑하는 사람을 두고
정녕 떠나야 하는가
이대로 이렇게 갈수 밖에 없는 것인가

황량한 거리
때 이른 낙엽들과 쓰레기
바람에 휘불려 날고
낮게 드리운 회색빛 구름
빗방울이 뚝뚝 듣는다

기쁨에 넘쳐 사랑했었다
무엇인가를 위해 뜨겁게 울어도 보았다
그러나 이제 보이는 것은
뒤돌아가는 쓸쓸한 그대 뒷모습

남은 것은 땅바닥에 주저앉은
무거운 나의 그림자

가야지
아득히 먼 저 길로 바람을 맞으며 홀로 걸어가야지
사랑하며 울고 웃던 모든 기억들을 지우며 훌쩍 그렇게
가야지 가야하겠지

그대여 안녕.

그녀를 기다리며

바람이 시원스레 부는 일요일 오후
그녀가 다니는 유치원 근방에서 그녀를 기다립니다
잠시 후면 나온다던 그녀는 일이 많은지
오후가 다 지나도록 나오질 않습니다
라디오를 듣고 붕어빵도 사먹다 무료해
언젠가 그녀와 같이 갔던 둑길에 가서
그녀와 같이 찾던 네 잎 크로바를 찾았습니다
더 늦는다는 그녀의 문자에
오히려 그녀 생각에 나는 행복합니다
얼마 후 필시 그녀는 화사한 미소로
내게 올 것이기 때문입니다
날이 저물고 어두워지자 가로등이 켜졌습니다
노오란 은행나무가 줄지어 있는 거리는
별빛 가로등과 어울려 마치
고흐의 별이 빛나는 밤처럼 아름답습니다
수북이 쌓인 은행잎을 차고 걸으며 그녀를 생각합니다
바람이 일자 은행잎들이 어깨 위로 툭툭 떨어집니다
가로등 밑 낙엽 가득한 이 도심의 가을은 온통 황금빛입니다
여전히 그녀를 기다립니다
그리고 인생도 기다립니다

기다림의 끝에 그녀는 환한 미소로 내게 오고
기다림의 끝에 우리의 인생도 아름답게 다가 올 것입니다.

강

저 강물은 어이해서 저리도 휘휘 돌아가는가
바다에 다다르고자 하는 거센 욕망이 있다면
곧은길로 바삐 발걸음을 옮겨 목적지에 나아갈 수 있으련만
계곡에서 시작된 저 강물은 필시
돌부리에 치이며 바위 둔덕을 넘고
가파른 절벽을 지나 작은 섬들을 거치면서 지쳤을 것이다
이제 바다에 도착하기 전 깨달은 몸짓으로
지나온 여정들을 회상하며 느린 걸음으로
강의 생애를 정리하기 위해 저리 돌아가는 것이다.
누군가는 말 했다지 인생이란 고뇌를 안고 가는 것
어느 누가 가는 길에 넘어지고 숨 가쁜 순간이 없을까
줄기차게 욕망을 위해 달려온 우리들 길에
문득 자기도 모르게 무엇인가에 걸려 넘어져
하늘이 무너지는 아픔으로 가슴이 까맣게 타들어 간다면
눈물을 닦고, 저리 휘휘 돌아가는 강물의 지혜를 배우자
부질없는 욕망들을 뒤로하고 지친 마음들을 추스르며 간다면
장차 도달할 짙푸른 심연의 청정바다를 그리며
우리는 오늘을 살 수 있을 것이다.

제자리 돌아가기

계곡을 타고 내린 물이
강으로 가듯
그렇게 우리는 모두 제자리로
돌아가는 것이다.
속잎 돋아나는 신록의 계절에서
지난 朔風을 잊듯
그렇게 우리는 모두
제자리로 돌아가는 것이다.
시기와 질투를 멈춘 채
욕망과 허욕을 버리고
의지로써 생을 앞으로
내딛게 할 수 있으며
한 가닥 사랑의 느낌은
무상한 변화 앞에
영원할 수 없는 것
이제 조용히 우리는
무릎을 꿇고 손을 모은 채
머무를 곳이 어디이며
마음 둘 곳이 어디인가
그렇게 모두 제자리로
돌아갈 수 있어야 한다.

그대의 창

그대가 그리워 왔다가는 길에 부슬부슬 비가 옵니다
불 꺼진 그대의 창에
그래도 그대가 있을 것 같아 한참을 서성였지만
차마 다가가진 못하였습니다.
돌아가면서 생각 합니다
적막으로 어두운 그대의 집에
차라리 그대가 없었기를 소망했다고
어딘가로 나를 원망하며 불쑥 기차라도 타고 떠나주었기를
그래서 나에게로 향한 미움이
조금은 비워지기를 빌어봅니다.
시간이 흘러 우리 사랑이 라일락 향기처럼 익어갈 무렵
처음 우리 만난 날 커피숍에서
흐르는 음악에 의미를 주며
우리의 사랑은 운명이라고 그대는 내게 말했습니다
그리고 그 후로도 오랫동안
우리는 강가의 조약돌처럼 서로 둥글어지며 사랑하였습니다.
그대의 집 근처 강가엔
농익은 안개가 어둠처럼 자욱하고
한 자락 바람결을 타고
겨우내 시련을 겪어낸 갈대들이 내게 말해줍니다.

절망으로 까맣게 타는 내 가슴을 그들은 아는지 모르는지
노여움이 없는 사랑은 허울뿐이니 그녀가 떠나기 전에
가서 말하라합니다 사랑한다고.
하여 나는 다시 돌아갑니다
망설이며 찾아가는 길 위엔 무심한 돌부리가 나를 차지만
마침내 도달한 그녀의 집에
백합처럼 하얀 불이 켜져 있기를 기대합니다
언제나 처럼 다정한 그대의 눈에
용서의 강물이 다시 흐르고 있기길 소망합니다.

파선(破船)의 하루

어둠에서 낮으로 돌아오는 새벽은
먹물뿌린 도화지
안개가 산허리를 감고 골목에 내려앉으면
가슴은 안개 되어 새벽길을 나선다
강가에 이르면 태양은
강 속에서 떠올라 안개를 지우고
강물은 출렁이지만
개흙 가에 널브러진 파선하나 띄우지 못함을
어제도 보았고 오늘도 본다
배는 윗 강 아랫 강
오르내리며 고기 잡던 시절과
장차 바다에 나갈 날이 있었음을
기억하리라
어느 날 주인과 강을 잃은, 바람이 휘불던 날도
담배연기 자욱한 폐쇄된 사무실에서
새벽의 농한 안개를 떠올리고
파열음 산란(散亂)하는 뇌영(腦影)속에 강가의 파선이
오버랩 되면
세상에 투영된 두 눈이, 충혈 됨을
그들은 모르리라

돌아오는 차창에서 버스가 언덕 구비를 돌아 넘을 때
산등어리 걸린 해가 황혼을 연출하면
강 속에서 떠올라 무엇을 비추고
또 어디 그늘을 만들다가
無知한 태양은 저렇게 죽어가나
비틀거리는 육신을 끌고 와 자리에 누우면
또 다른 나는 천장에 올라 앉아 새벽까지
고독할 나를 보고 있다.
야공(夜空)에 눈을 내리는데.......

상처

누군가 너에게
상처 주는 말을 했을 때
네가 가슴 저려 한다면
너는 그를 사랑하는 것이지.

돌아서 다시 생각해
그가 왜 그랬을까
그 마음이 지워지지 않는다면
너는 그를 아직 놓지 못하는 것이지.

잊어버릴까
그냥 멀리 할까
놔버리면 저 멀리 갈까

일상에서 하루를 보내며
그가 줄곧 생각난다면
너는 아직 그를 보낼 준비가
안된 것이지.

약한 마음 그 말이 서러워
자꾸 되뇌이고 있다면
너는 그를 잊지 못한다는 것이지.

그러니 그가 다시
네게 미소질 수 있도록
네가 먼저 사랑해야 하는 것이지.

첫눈

첫눈 내리는 날
그녀와 만나기로 한 날
만나지 못했지
내리는 첫눈을
그저 바라보기만 했어
그녀가 있는 하늘 쪽
그녀가 아파
서로 아퍼
아픈 만큼 그리움도 커져
언제 다시 만나나
서로를 생각하는데
오늘 아침도 흰 눈이 그리움으로 내려
하얗게 내려
내려 쌓이고 있어 .....

이별과 만남

사랑할 때는 모른다
이미 벌써 갈 준비를 하고 있다는 것을
나도 모르게 오고,
나도 모르게 가고 .....

사랑이 영원하지 않다는 것을 모른다
이미 다시 올 준비를 하고 있다는 것을
그대도 모르게 가고,
그대도 모르게 오고 .....

단풍

단풍이 꽃처럼 내렸습니다
한 자락 바람결에 후둑후둑 내려
인도에도 차도에도 수북이 쌓였습니다
행인이 발로 차며 걸으니 바스락 바스락
차들이 스쳐가며 휘불어주니 까르르 까르르
가을은 두 번째 봄
꽃처럼 내린 이 가을 저 단풍
이대로 우리 곁에 머물러 있기를
소망합니다.

가는 길

가는 길이 멀다하여
앞만 보고 발걸음을 바삐 재촉하지는 말자
그곳에 갔다 한들
한낱 신기루 무지개가 잡힐 소냐
그대 가는 길에 정든 님과 손을 잡고
아지랑이 치어나는 뚝방길에 걸터앉아
들도 보고 내도 보고 이름 모를 풀들도 보고.

목표점이 저기라고
그저 그곳만 바라보고 가지는 말자
그곳에 가서보면
이곳과 그리 다르지 않을 지니
그대 가는 길에 고운님과 나란히
여울물에 발 담그고 물장구치며
산도보고 하늘도 보고 이름 모를 새들도 보고.

산수유 마을

구름이 부르는 대로 나그네는

낮은 구릉을 넘어

마을로 이끌려 들어갔다

마을의 중심에는 옛 고택이 자리 잡고

앞에는 천년의 고목이 어우러져

지천의 산수유와 더불어

한 폭의 동양화를 연출하고 있다

높은 산자락 밑에 또아리를 틀고 있는 분지마을은

온통 노오란 산수유 꽃으로 물들어 있고

그 산수유 꽃 핀 동양화 속을 한 나그네가 노닐고 있다.

봄날의 행복

하늘이 높고

바람이 시원하다

꽃들은 화사하고

아기 잎들이 푸르르다.

나는 오늘

노란 자전거를 타고

그녀를 만나러 가야겠다.

한여름 밤의 숲

숲이 전율한다
한바탕 요란한 바람이 불더니
밤하늘에 장대비가 쏟아지기 시작했다
하늘로 고개를 치켜들었다.
며칠 내내 삼복더위는 쪄서
인간의 한계를 시험했다
사람들은 모두 어디론가 떠나고
남은 자는 도둑처럼 그늘로 숨었다
나는 작열하는 태양 아래 발가벗겨져
종일 길가에 버려져 있었다
삶도 시골길처럼 풀어 헤쳐져
뼈만 앙상히 길 위에 나뒹굴고 있었다.
숲이 법석이다
지쳐있던 나무들이 두 팔을 치켜들고 머리채를 흔들어댄다
흥에 겨워 빗줄기도 더욱 거세진다
바람도 서늘한 몸짓으로 보란 듯이 춤을 춘다
나는 아예 신발을 벗고 그 숲으로 뛰어 갔다.

11월의 첫눈

낙엽들의 향연이 채 끝나기도 전에 님이 오셨다
아직은 때가 아니라 기다리지도 않았다
소중한 나의 님은 찬바람이 불고도 겨울이 깊어서야 오신다고
했었다
포도 위에 구르는 낙엽들을 발로 차며 걸으며
밀려오는 님에 대한 그리움은 저 낙엽들이 다 질 때까지만 참
으리라 했었다
여우 꼬리만 한 늦가을의 햇살이 지고 점점 밤의 깊이가 길어
지면서
이제 머지않아 님은 오실 것이라 내 마음도 깊어가고 있었다
그러나 오직 님에 대한 원망만이 커갈 뿐 님의 발자취는 저
멀리 보이지도 않았었다.

늦가을 정적의 밤하늘을 꺼이 울며 날아가는 겨울새의 울음소
리
알 수 없는 설레임에 짐짓 창을 열어 누군가 오는 발자국 소
리를 듣는다
마지막 가는 낙엽들의 소리인가 밤바람에 스쳐 우는 억새들의
소리인가
님을 향한 그리움의 원망이 솟구쳐 서러움의 눈물이 하염없이

흐른다

나도 모르게 이렇게 님은 내게 소리 없이 다가오고 있었다

아직은 오실 날이 멀다고 가슴을 쥐었던 내 앞에 하얀 정장의 님이 오셨다

기다림의 아픔을 야속한 기쁨으로 덮어주시려 님은 그렇게 서둘러 일찍 오신 것이다.

어메

어메를 병상에 놓고
비 오는 거리를 정처 없이 걷네 비를 맞으며
갓 물댄 논에는 네온사인이 비추고
빗방울이 뚝뚝 떨어져 파문이 일어 개구리 소리 처량하게 들리
네
더 이상 면회가 안 된다는 말에
발길이 떨어지질 않고 가슴이 메인다
이승에서 만나 60여년 같이 살고
이제 헤어질 시간이 되었단 말인가
차마 눈을 마주치지 못하고 나왔다
나를 찾는 어메의 부름소리가 들려온다
구십 먹은 어메한테 인상을 쓰고
따스한 말 한마디 못한 못난 아들
어메요 나를 두고 가지 마소
좀 더 쪼매만 더 있다 가소
빈집에 어찌 홀로 내 살아갈 거요
어메요 오늘따라 왜 이리 비가 추적하게 내리는지요
난 이 비가 그칠 때까지 끝없이 걸으려오
어메가 돌아 올 때까지 하염없이 걸으려오 ......

내 마음의 보석

밤하늘에 별빛이 초롱초롱
아침햇살 풀잎이슬 영롱영롱

바둑이의 노래

발　행 l 2022년 04월 15일
저　자 l 이영희 (벽하 碧河)
펴낸이 l 한건희
펴낸곳 l 주식회사 부크크
출판사등록 l 2014.07.15. (제2014-16호)
주　소 l 서울특별시 금천구 가산디지털1로 119 SK트윈타워 A동 305호
전　화 l 1670-8316
이메일 l info@bookk.co.kr

ISBN l 979-11-372-8024-3

www.bookk.co.kr
ⓒ 이영희 2022